REPONSE

De l'Amateur à la premiere Lettre sur la Peinture.

La critique embellit les plus simples propos.,
Et l'admiration est le stile des sots.
dit l'Impertinent.

J'Aime à voir, comme vous, Monsieur, la nombreuse affluence de monde,, que l'exposition des Tableaux attire encore tous les jours au Salon ; s'il est vrai cependant que vous & moi la voyions, *cette nombreuse affluence de monde*, quel peut être l'objet de votre Lettre ? Seroit-ce de me faire observer *qu'il reste encore quelque goût en France, qu'il y paroit encore de belles choses, & qu'on sçait les y admirer ?* Mais qui doit en être plus persuadé que moi, à qui vous avez accordé le beau nom d'Amateur ? & qui peut en douter comme vous, de qui les idées sont si peu justes, les jugemens si mal digérés, & les expressions assez impropres pour offenser également ceux dont vous parlez,

A

& ceux dont vous ne parlez pas ?

Ce début vous effrayera, sans doute ; je passe, direz-vous, les bornes de la censure, & épouse trop vivement les intérêts de ceux, que vous n'avez prétendu qu'*éclairer & encourager* ; mais ne sçavez-vous pas le cas que je fais des talens, & jusqu'où va mon estime pour ceux qui les exercent ? Quel est d'ailleurs le bien le plus précieux d'un Artiste ? C'est sans contredit la réputation, qu'il s'est acquise. Or que n'avez-vous pas fait pour détruire celle de nos Peintres les plus célébres, vous qui n'avez pas les premieres notions de leur admirable magie ? C'est donc au nom de la Société, & comme bon Citoyen, que je proteste contre vos Lettres diffamatoires, & que je procéde à leur condamnation.

» Profitons, dites-vous, du mo-
» ment favorable, & tandis qu'il est
» permis de parler des Arts avec quel-
» qu'espoir d'être écouté. Exami-
» nons, &c. « Quelle erreur est la vôtre ! Eh quand donc n'a-t-il pas été permis de parler des Arts ? Je me trompe moi-même ; il est des gens, qui devroient s'aimer assez, être assez

diſcrets, tranchons le mot, aſſez rai-
ſonnables, pour ne jamais en parler.
Qui ſont ces gens-là, me demande-
rez-vous avec empreſſement ? Vou-
lez-vous le ſçavoir, & faut-il vous le
dire ? Ce ſont préciſément ceux qui
oſent concevoir *quelqu'eſpoir d'être
écoutés.*

„ Ne vous attendez à aucun ordre
„ dans cette Lettre ; il me gêneroit
„ trop auſſi bien que vous. „ Pardon-
nez-moi, M. je ne me piquai jamais d'amour du déſordre ; ce n'eſt
pas cependant que je prétende vous
autoriſer *à régler les rangs parmi nos
Peintres célébres,* Dieu me préſerve
d'un tel égarement ; quelle confu-
ſion, en effet, n'aurions-nous pas à
redouter, ſi vous aviez comme les
pédants de Collége, le droit d'accor-
der la ſupériorité au mérite qui vous
affecteroit le plus ?

„ Je diviſerai cet ouvrage (c'eſt
„ proſtituer le mot) en deux parties.
„ Dans la premiere, je vous entre-
„ tiendrai…. particulierement des
„ meilleurs Tableaux …. Dans la
„ ſeconde, j'examinerai les médio-
„ cres, &c. Qui partiroit de cette
folle diviſion, conclueroit affirma-

4

tivement , que Meſſieurs Delatour,
Pierre, Oudri , Colin de Vermont ,
Nattier, Aved, Tocqué, Peronneau,
ſont des Artiſtes médiocres. Quel
opprobre pour les Arts ? quelle in-
jure pour les Connoiſſeurs ? & quel
homme *enfin pour régler les rangs* ?

„ Il y a un commencement & une
„ fin à tout. Voilà, ſans contredir, une
vérité ſans réplique. Elle eſt la premiere, qui vous ſoit échappée, auſſi
vous avez eu ſoin de la bien appuyer
„ Ceux qui atteignent l'une, ajoutez-
„ vous auſſitôt, ont néceſſairement
„ paſſé par l'autre. „

„ Il ne faut que du tems pour par-
„ venir „ du commencement à la fin
de toutes choſes. Quelle erreur !
quelle aveuglement ! n'auriez-vous
pas pû avec du tems commencer votre Lettre ; mais l'auriez-vous finie ?
Je vous le demande , répondez-moi
de bonne foi , l'auriez-vous finie , ſi
vous aviez eu de ſages conſeils ?

C'eſt à nous d'abréger la carriere
„ des Arts, d'en applanir les diffi-
„ cultés. . . . & d'encourager par nos
„ applaudiſſemens ceux qui y cou-
„ rent. „ Nous devons, il eſt vrai,
encourager les Artiſtes, & peut-être

ne les encourageons-nous pas affez efficacement ; mais quel moyen avons-nous, s'il vous plaît, *d'abréger leur carriere, & d'en applanir les difficultés ?* prononcez, vous qui leur avez infpiré de fi flateufes efpérances ; prononcez, vous, dis-je, mais faites-nous grace de vos nouvelles réflexions ; elles opéreroient infailliblement un dégoût univerfel.

„ Il me femble d'ailleurs fort inutile „ d'affliger des Auteurs qui font peut-» être les plus contens du monde „. Je vous demande pardon, encore une fois, c'eft très-utile. Eh, qu'importent, après tout, au public, le repos & la tranquillité de cette efpéce d'Automates ? Par exemple, M. pourquoi me ferois-je un fcrupule de vous *arracher de votre Paradis ;* l'amour- propre eft celui des fots, vous le fçavez, ou devez le fçavoir; prenez-y garde déformais, vous avez plus de raifon qu'un autre d'être toujours fur le qui-vive.

„ Mes critiques ne feroient que les „ affliger fans leur être beaucoup plus „ utiles „. Que cette phrafe-là eft fenfée ? qu'elle rend bien vos fages augures ! Ajoûtons, pour les juftifier, que les connoiffeurs defintéreffés ont été fâchés fincerement du bien, que vous n'avez pû taire des meilleurs & des plus parfaits Tableaux.

,, A quoi bon parler de goût à ceux ,, qui ne le sentent pas ?....& que sert ,, de prêcher le génie à ceux qui n'en ,, ont point? Quel galimatias! sentir le goût & prêcher le génie; eh, mais en vérité vous entendez-vous bien, ô critique présomptueux! hâtez-vous de me le prouver, si tant est que cela soit : car je commence à croire, si peu mesurées sont vos expressions, que vous n'avez été que l'écho de quelqu'un de ces êtres absolument disgraciés de la nature, qui emmaigrissent par état de l'embonpoint d'autrui, ou que vous n'avez écrit & entassé injures sur injures, que parce que le besoin vous avoit réduit à tirer parti de votre fertile plume, & que d'ailleurs vous étiez persuadé, que plus seroit noire l'encre dans laquelle vous la tremperiez, plus seroient considérables les secours que vous deviez en attendre.

,, Je commence; en vous répétant ,, que je ne suis d'autre ordre dans ,, tout ceci que celui que me fournit ,, ma mémoire ,,. Répétition inutile; eh qui ne s'apperceveroit pas du désordre de vos idées ?

,, Je n'ai pas besoin de vous vanter

„ le deſſin de M. Nattoire…. mais
„ je ſuis fâché qu'il ne ſoit pas auſſi
„ louable dans ſon coloris, toujours
„ plombé & livide, &c. Oh, pour le
coup je ſuis prêt à quitter la partie.
Eh où avez-vous donc vû, M. des Tableaux plus lumineux , plus frais &
plus colorés, que celui dont vous vous
plaiſez à exagérer *les défauts ? Ceux-ci*
ſont rachetés, dites-vous, *par un nom-*
bre infini de beautés ; mais quel ſera
le prix de vos fauſſes obſervations ?
Je ſuis plus ſage que vous ; je me
tais & vous laiſſe deviner.

„ Je n'appuyerois pas beaucoup
ſur les deux qui reſtent de M. N.….
Eh pourquoi, s'il vous plaît, *n'ap-*
puyeriez-vous pas ſur eux ? le premier (le Chriſt) n'eſt-il pas parfait
dans ſon genre ? & peut-il y avoir de
compoſition plus ingénieuſe que
celle du ſecond (l'Amour qui aiguiſe
ſes traits) mais vous ne ſentez rien ,
je me laſſe de vous le dire , les beautés les plus frappantes vous échap-
pent & au défaut de ſenſibilité vous
recourez aux épigrammes ; quel mal-
heur ſeroit-ce, ſi elles pouvoient por-
ter coup , *ſi pungerent.* *

* Alluſion à la deviſe de ce dernier Tableau »
Nondum pungit.

„ On remarque dans toute la fi-
„ gure de la Vierge, dites-vous en
„ parlant du tableau de devotion de
» M. Boucher, une attention & un
„ empreſſement admirable.„ Avant
que d'aller plus loin, définiſſez-moi,
je vous prie, l'attention & l'empreſſement : caractériſez, s'il vous eſt
poſſible, chacune de ces deux actions.
& vous conclurez à coup ſûr de leur
incompatibilité. 1º. Que la louange
n'eſt pas plus de votre reſſort que la
ſatyre. 2º. Que ſi l'Auteur, que vous
vous êtes efforcé de louer, avoit
réellement prêté à ſa figure principa-
le & l'*attention* & l'*empreſſement* ; il
auroit fait le miracle des miracles :
c'eſt aſſez pour lui, puiſqu'il eſt hom
me, de faire des chef-d'œuvres.

„ Quelqu'un ... me renvoyera aux
„ Eclogues de M. de Fontenelle,
„„ où on l'y a trouvé ſi défectueux
„ & à juſte titre, &c. „ Je m'inſcris
en faux contre ce prétendu jugement
du public, °- maintiens, qu'il faut
ſçavoir une langue, avant que de pro-
noncer ſur les ouvrages, qui ont été
faits dans cette langue là, qu'on ne
peut juger ſainement de certaines
penſées, tant elles ſont fines & déli-

cates, qu'aurant qu'on eſt capable de penſer au moins quelquefois preſqu'auſſi finement & avec la même délicateſſe, qu'il n'appartient qu'aux génies du premier ordre de vouloir réſoudre ces eſpeces de problêmes littéraires,dont la ſolution doit décider du ſort d'un ou de pluſieurs Auteurs, & enfin que nous devons meſurer nos égards pour ces derniers à leurs talens, aux ſervices qu'ils ont rendus, & à la réputation dont ils jouiſſent. Partez de ces principes, ô téméraire Cenſeur, & faites-vous juſtice!

,, Les payſages de M. B. ſont ,, vifs & pitoreſques. ,, Des payſages vifs: admirez ma ſimplicité ! Cette épithete m'eût paru choquante : j'aurois été réduit à lui ſubſtituer, pour ma ſatisfation particuliere, celle de frais ou de tranquilles.

,, Tout le monde admirera, je ,, crois, M. Vanlo dans ſon tableau ,, de l'amour. ,, Vous ne vous êtes pas trompé ; tout le monde l'a réellement admiré & l'admire encore : je ſuis mortifié cependant, que vous ayez été du nombre des admirateurs de ce tableau : votre critique manque , ce me semble , à la gloire de son Auteur.

,, On sent bien que M. V. a voulu fatiguer ses chairs (c'est de la Vestale dont il est question) le moins qu'il lui a été possible : oh la voilà faite enfin cette critique ; vous ne me l'avez pas fait long-tems attendre : dites moi cependant , ô judicieux critique , si vous croyez que le célébre Artiste , dont nous examinons actuellement les ouvrages , ait voulu réellement fatiguer ses chairs , ou si elles sont ordinairement fatiguées dans ses tableaux : l'un & l'autre de ces reproches , si vous les lui faisiez , auroit au moins les graces de la nouveauté.

,, La question étoit de chercher un ,, beau modéle de Vierge... Mais ,, en bonne vérité où le trouver ! ,, Quelle fade plaisanterie ? Eh pourquoi vouloir doubler le rolle de l'impertinent ? N'est-ce pas d'ailleurs insulter de gayeté de cœur à la personne vertueuse , qui s'est fait peindre ; elle est connue ; *ce n'est pas un phantóme d'imagination.*

,, Je ne critiquerai rien de cet ,, habile homme (M. V.) ,, Eh qu'a-

rez-vous donc fait jufqu'ici ? & qu'al-
lez-vous faire encore ? Rappellèz-
vous les fçavantes leçons que vous
avez ofé lui donner , & prononcez.

„ Qu'il me permette de lui dire ,
„ que dans fon beau payfage , devant
„ ce lointain fi admirable, font des
„ beftiaux qui ne le font gueres. Que
cette phrafe-là eft claire ! qu'elle eft
nombreufe & arrondie ! il en eft
peu *de fi admirables*.

„ Un Peintre habile doit rectifier la nature en l'imitant ». Pur
galimatias encore ! qu'eft-ce en effet
qu'imiter & rectifier la nature ? Con-
çoit-on , ou peut-on concevoir, que
ces deux opérations foient compa-
tibles ?

„ Les Peintres & les Poëtes font les
„ Panégyriftes de la nature». Ils
doivent donc la bien choifir & ne
jamais la rectifier.

„ J'abrege ces réflexions ». Et plût
à Dieu pour votre repos & pour le
nôtre , que vous n'euffiez jamais
réfléchi , fuppofé cependant que
vous l'ayez fait quelquefois.

„ Pour parler de M. Reftout,
» qui fe plaindra peut-être qu'on l'a
» fait un peu attendre, ... mais ce

» n'eſt pas qu'on l'oublie ». Je ne ſçais
lequel je préférerois de votre ſouve-
nir ou de votre oubli, ſi j'étois à la
place de cet illuſtre Auteur : l'un &
l'autre, à ce que j'imagine, me
flateroit également.

» On voit deux de ces Tableaux....
tous deux un peu durs, un peu char-
gés & un peu verdâtres „. Je croirois
preſque que vous nous en impoſez,
Monſieur, c'eſt-à-dire, que vous ne
les avez pas vûs ces deux Tableaux,
ſi je ne ſçavois qu'il eſt des gens,
dont la faculté viſive a peu d'éten-
due, & des yeux dont la configura-
tion eſt telle, que tous les rayons
qu'ils reçoivent, ſont néceſſairement
confondus.

„ M. R. me permettra de lui dire
„ que ce ſujet (la continence de Sci-
„ pion) ne lui convenoit en rien „
Partons du fait, nous remonterons
enſuite à votre principe, Qu'eſt ce
qui vous déplaît dans le Tableau
que nous examinons actuellement ?
La figure de femme, direz vous, *c'eſt
une Matrone de la plus mauvaiſe
grace du monde & croquée ſéchement.*
Je vous paſſerois, ſi vous le voulez,
que cette figure n'a pas toute la beau-

té, dont elle paroît susceptible ; mais
gardez-vous , à votre tour, de con-
fondre le défaut de beauté avec la lai-
deur , les graces avec je ne sçais quel
avantage , que nos plus ingénieuses
Dames retirent de l'art, & la noblesse
du port avec ce maintien compassé,
auquel vous avez peut-être été jusqu'ici trop sensible : Arrêtez-vous en
un mot à la composition générale
& à la couleur du Tableau. Cet examen, s'il est bien fait, suffira pour
vous inspirer tout le respect de Sci-
pion.

„ S'il étoit question de comparer
„ cet Auteur (M. B.) à quelqu'un
„ de ses Confreres en Peinture.....
„ Je serois embarrassé. . . . . . s'il ne
„ falloit que chercher un homme qui
„ lui ressemblât, je le trouverois &c. „
Quelle misérable application ! Plus
de justesse & de prudence vous siéd-
roit mieux , que tant d'érudition.

„ M. Dumont le Romain me
„ semble faire autant d'efforts pour
„ s'éloigner de la nature , que quel-
„ ques autres en prennent pour s'en
„ approcher „. Prendre des efforts :
peut-être a-t-il été accordé aux mau-
vais & méchans Ecrivains une per-

miſſion de forger un nouvel idiome :
tant mieux vraiment , tant mieux ,
ces eſpeces de monſtres ne doivent
pas parler la langue des hommes.

» Il s'épuiſe à chercher une ma-
» niere, qui lui coûte beaucoup & n'en
» vaut pas mieux ». C'eſt préciſément
ce que vous avez fait ; vous vous
êtes mis à la torture pour écrire
contre toutes les loix du bon ſens.

» Je me plaindrai d'autant plus
» ſur ce ſujet , qu'on voit tous les
» jours des Peintres qui n'ont pas le
» même talent donner dans le même
» ridicule ». Ah ah ! vous lui accor-
dez donc du talent à M. Dumont ;
cet excès de courtoiſie mériteroit
peut-être un peu plus d'indulgence
de ma part ; je vous refuſerai cependant ce que vous lui avez accordé ſi
genére uſement, c'eſt-à-dire, le talent
que vous croyez poſſéder dans un de-
gré éminent.

« C'eſt proprement le peché ori-
» ginel en peinture ». La charmante
Métaphore ! oh qu'elle eſt hardie !

» M. D. a expoſé. .... deux Ta-
» bleaux. .... deſſinés & peints tous
» les deux avec la même ſévérité ».
Expliquez-moi d'abord ce que c'eſt

que peindre avec févérité ; je ferois
à préfent des efforts inutiles pour
vous entendre.

» Ces deux Tableaux font précifé-
» ment la même chofe . . . . . . &
peints dans le même deffein ». Oh
ma foi je n'en doute plus ; vous n'y
voyez pas ; la Peinture ne peut donc
pas être de votre reffort.

„ Je ne puis louer M. D. de cette
„ idée (celle qu'il a adoptée dans fon
„ Tableau de la fanté,) puifqu'on
„ nous dit qu'il l'a prife dans un au-
„ tre „. Eh que doit m'importer
après tout l'invention de cette idée ;
je me borne à l'examen du parti,
ou plûtôt de l'effet, que le Peintre en
a tiré.

Elle n'eft pas fort louable (c'eft
l'idée dont il eft toujours ici queftion)
eh mais, Monfieur, n'êtiez-vous pas
forcé à en juger comme vous l'avez
fait ? Que feroient devenus les beaux
Vers dont vous avez paré vos feuil-
les ? N'eût-il pas fallu, quel domma-
ge ! faire l'humiliant facrifice de votre
érudition ?

Vous inférerez du cas que je fais
de cette premiere Lettre les raifons,
qui m'ont déterminé à vous renvoyer

la seconde sans la lire; peut-être m'au-
roit-elle procuré cependant l'occasion de donner aux illustres Artistes,
dont j'ai admiré les ouvrages, une partie des éloges, qui leur sont dûs ; peut-
être me fourniroit-elle encore les
moyens de faire parvenir jusqu'à
Messieurs Coypel & Chardin * mes
regrets & ceux du Public : mais que
n'aurois-je pas à craindre en revan-
che ? l'ennui, car il faudroit là lire,
cette seconde Lettre, le dégoût ; il
naîtroit infailliblement de l'ennui, le
dépit ; il succéderoit au dégoût, &
enfin la censure des sots, ils n'atten-
dent que l'occasion.....

    Je suis avec tous les sentimens, que
vous méritez, &c

        Votre très, &c. F.

Du 26 Septembre 1750.

    ** L'imprimeur de cette Lettre donnera dans
peu un petit ouvrage anonime en vers, intitulé,
Eloge funebre de M. C.... Conseiller de l'Aca-
démie Royale de peinture : On croit pouvoir
annoncer d'avance, qu'il régne dans cette piéce
un badinage des plus ingenieux, sur ce que le
salon a été privé cette année des ouvrages de ce
Peintre, si cher au public par la naïveté &
la vérité de ses tableaux.*

www.ingramcontent.com/pod-product-compliance
Lightning Source LLC
Chambersburg PA
CBHW061435170626
46811CB00005B/2288